Analyse de l'œuvre

Par Catherine Nelissen
et Pauline Coullet

La Nausée

de Jean-Paul Sartre

lePetitLittéraire.fr

Rendez-vous sur lepetitlitteraire.fr et découvrez :

Plus de 1200 analyses
Claires et synthétiques
Téléchargeables en 30 secondes
À imprimer chez soi

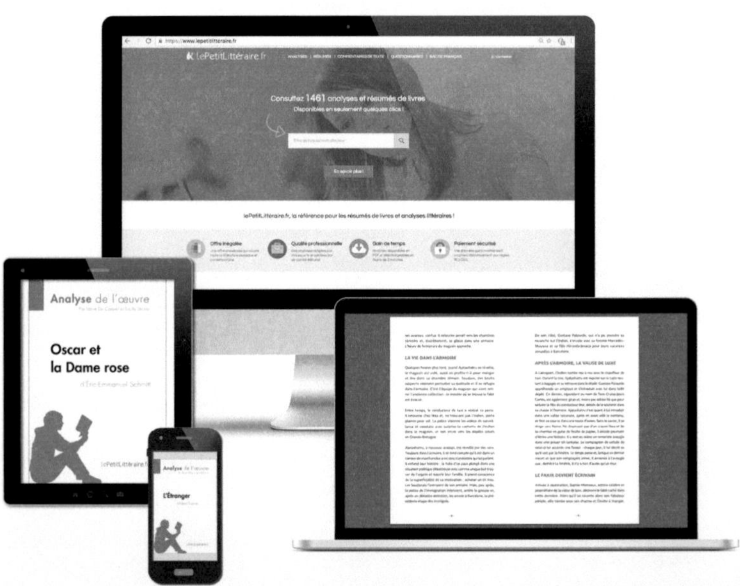

JEAN-PAUL SARTRE

ÉCRIVAIN ET PHILOSOPHE FRANÇAIS

- **Né en 1905 à Paris**
- **Décédé en 1980 dans la même ville**
- **Quelques-unes de ses œuvres :**
    - *L'Être et le Néant* (1943), essai
    - *Huis clos* (1944), pièce de théâtre
    - *L'existentialisme est un humanisme* (1946), essai philosophique

Jean-Paul Sartre est un écrivain et un philosophe français, né en 1905 à Paris. Il a grandi dans le milieu bourgeois et cultivé décrit dans *Les Mots, un récit autobiographique sur sa jeunesse paru* en 1964. Il entreprend des études de sciences humaines, passe l'agrégation de philosophie en 1929 et rencontre sa future compagne, Simone de Beauvoir (femme de lettres française, 1908-1986). Il devient enseignant en philosophie et, en 1938, publie son roman *La Nausée*, reçu favorablement par la critique.

Un an plus tard, Sartre est mobilisé. Il est fait prisonnier et, à sa libération, devient résistant. C'est à cette époque qu'il écrit son premier essai philosophique, *L'Être et le Néant* (1943). Vers la fin de la guerre, il rencontre Albert Camus (écrivain français, 1913-1960) et travaille avec lui pour le journal *Combat*. À côté de cette activité de résistance, il écrit de nombreux textes littéraires dans lesquels il déploie sa philosophie et sa définition de la littérature, allant du roman au théâtre. Ses pièces les plus célèbres sont *Les*

Mouches (1943) et *Huis clos*.

Après la Libération, Jean-Paul Sartre crée la revue *Les Temps modernes*. Il connait un énorme succès grâce à ses livres et devient le chef de file du mouvement existentialiste. Au niveau politique, il se rapproche du parti communiste et, pendant la guerre d'Algérie, soutient les indépendantistes du Front de libération nationale (FLN).

En 1964, il refuse le prix Nobel de littérature car, selon lui, « aucun artiste, aucun écrivain, aucun homme ne mérite d'être consacré de son vivant ». Il n'a jamais accepté d'autres prix, car son institutionnalisation aurait été une entrave à sa liberté. Il participe à la révolte étudiante de Mai 68 et meurt en 1980 à Paris.

LA NAUSÉE

LE ROMAN DE L'EXISTENTIALISME

- **Genre :** roman philosophique
- **Édition de référence :** *La Nausée*, Paris, Gallimard, coll. « Folio », 2009, 249 p.
- **1re édition :** 1938
- **Thématiques :** existentialisme, étrangeté, vision du monde, absurdité, société, art

La Nausée est un roman philosophique publié par Jean-Paul Sartre en 1938. Cette œuvre, qui est la source de sa renommée, fut applaudie par l'ensemble du monde des lettres.

Fruit de huit années d'écriture, *La Nausée* développe la philosophie existentialiste de Sartre sous la forme d'un journal intime fictif. Antoine Roquentin, narrateur et protagoniste du roman, raconte au fil des jours le sentiment d'étrangeté et d'impuissance qui l'envahit face à une existence qu'il découvre inutile et irrationnelle. Le personnage se sent de trop dans un monde qui lui donne la nausée, où toute chose nait sans raison, sans nécessité et existe en elle-même. Dans cette œuvre, Sartre rejette les idées reçues en affirmant que « l'existence précède l'essence ».

RÉSUMÉ

À Bouville, petite ville imaginaire qui rappelle Le Havre, Antoine Roquentin, un jeune homme solitaire, rédige un mémoire sur le marquis de Rollebon, un aristocrate du XVIIIe siècle. Antoine avait précédemment quitté Bouville pour voyager ; il a vagabondé en Europe centrale, en Afrique du Nord et au Moyen-Orient avant de revenir, lassé de ce qu'il croyait être l'aventure, dans sa ville natale. Depuis trois ans, il mène ainsi une existence d'intellectuel isolé : il vit de ses rentes et peut se permettre d'observer le monde et de porter attention aux moindres choses qui l'entourent.

Un jour, Antoine Roquentin vit une expérience qui le choque et le fascine : brusquement, le monde lui devient étranger. Lorsqu'il ramasse un galet au bord d'une plage, il s'aperçoit que les choses ont changé ou, du moins, la perception qu'il en a. Il a la sensation que les objets sont soudainement habités par une vie propre. Ce sont eux qui le touchent et non l'inverse. Cette nouvelle vision du monde consiste-t-elle en une prise de conscience ou en une crise de folie ? Afin de comprendre ce qui lui arrive, Antoine commence un journal intime qu'il intitule *La Nausée*, dans lequel il retranscrit la moindre de ses expériences de façon inégale et morcelée, ainsi que ses peurs et ses questionnements :

> « Ce qu'il y a de curieux, c'est que je ne suis pas du tout disposé à me croire fou, je vois même avec évidence que je ne le suis pas : tous ces changements concernent les objets. Au moins c'est ce dont je voudrais être sûr [...] Peut-être bien après tout que c'était une petite crise de folie. » (p. 14-15)

À la bibliothèque, il n'arrive pas à rédiger son mémoire historique : comment écrire sur quelque chose qui est passé ? Au-dehors, il fait part de sa sensation d'être effleuré par une feuille qu'il ramasse ou de l'impression de « douceâtre nausée » qui l'envahit face aux plus petits objets qu'il sent exister. Très vite, son sentiment d'étrangeté se propage aux gens. Lui-même, un après-midi, ne se reconnait pas en s'observant dans un miroir. Effrayé, il se rend dans un café, seul endroit dans lequel il se détend et se sent bien : il s'y intègre à une foule anonyme tandis que le bruit et l'alcool le protègent des bizarreries de l'extérieur.

L'attraction qu'exercent sur lui ces nouveaux phénomènes est plus forte que tout. Il abandonne l'écriture de son mémoire historique, soudain devenu insignifiant, pour s'investir pleinement dans l'observation de ce qui l'entoure. Il ne se rend plus à la bibliothèque pour travailler, mais pour regarder ceux qui y passent leur temps. Il se focalise ainsi sur le personnage de l'autodidacte, un clerc de notaire grotesque qui a la volonté de lire tous les ouvrages de l'établissement dans l'ordre alphabétique. L'humanisme de ce dernier le répugne : lors d'un déjeuner en sa compagnie, il ne peut s'empêcher de lui asséner que le monde est stupide et que l'existence est inutile car personne ne se rend compte de la vie des choses, des autres, ni même de sa propre vie. L'univers est absurde car sa loi absolue, c'est l'existence gratuite, dépourvue de sens : « Tout existant naît sans raison, se prolonge par faiblesse et meurt par rencontre. » (p. 190) Et lorsqu'on se rend compte de cet état des choses, la nausée nous prend et perdure jusqu'à ce qu'on referme les yeux. L'écœurement de Roquentin face à l'existence s'accroit lorsqu'il assiste, quelque temps plus tard, au renvoi de la bibliothèque de l'autodidacte : celui-ci avait, en effet, un faible pour les jeunes garçons et a tenté à quelques reprises de caresser leur main.

Par conséquent, l'éloignement entre Antoine et le reste du monde se creuse et s'intensifie. L'absurdité des gens le révolte. Les bourgeois paradant à la sortie de l'église ou au musée le dégoutent. Il rompt avec la société, laissant ainsi le champ libre à ses divagations qui l'emportent dans un état d'effroi et de paranoïa.

Antoine revoit Anny, son amie et ex-compagne, et comprend qu'elle vit la même chose que lui. Cependant, elle refuse d'avouer sa prise de conscience. La peur de leur découverte commune lui fait rejeter la vérité. Selon Antoine, elle ne vit plus : elle survit. Leur séparation est inéluctable. Après le départ de la jeune femme en Angleterre, il décide de s'installer un moment à Paris. Avant de quitter Bouville, il écoute une dernière fois son disque préféré dans un café, *Some of these days*, qui lui donne envie de réaliser une œuvre d'art, seul moyen d'échapper à la nausée et d'appréhender correctement le réel. Il décide alors de rédiger un roman, une aventure qui « fasse honte aux gens de leur existence » :

> « Il faudrait que ce soit un livre [...] Mais pas un livre d'histoire : l'histoire, ça parle de ce qui a existé [...] Une autre espèce de livre. Je ne sais pas très bien laquelle – mais il faudrait qu'on devine, derrière les mots imprimés [...] quelque chose qui n'existerait pas, qui serait au-dessus de l'existence. Une histoire, par exemple, comme il ne peut pas en arriver, une aventure. » (p. 249-250)

Antoine pense qu'en écrivant un livre il pourra, à travers lui, se rappeler sa vie sans répugnance et s'accepter. *La Nausée* se clôt sur cette réflexion, pendant que la nuit tombe à l'extérieur du café.

ÉTUDE DES PERSONNAGES

ANTOINE ROQUENTIN

Antoine Roquentin est le narrateur et le protagoniste principal du roman. *La Nausée* est son journal intime, le cahier dans lequel il retranscrit ses expériences et ses sentiments. Âgé d'environ 35 ans, Roquentin est un intellectuel isolé, plongé dans son travail d'écriture dans un premier temps et d'observation dans un second temps. Après plusieurs années passées en Indochine, à voyager et à poursuivre l'aventure, Il décide de retrouver son pays d'origine : la France. De retour chez lui, à Bouville, il s'investit dans la rédaction de son mémoire sur le marquis de Rollebon. Pourtant, il comprend vite que cet écrit est sans intérêt puisqu'il ne fait que parler de l'existence d'un homme alors que l'existence est par nature injustifiable : tout homme existe sans raison. Cette constatation, il la tire grâce à une série de faits qu'il a observés et vécus :

- un galet ramassé sur la plage lui semble animé d'un mouvement propre. Selon sa conception, c'est le galet qui touche la main de la personne qui se penche pour le saisir et non l'inverse ;
- une feuille de papier l'effleure lorsqu'il la prend, comme si l'intention venait d'elle et non de lui ;
- une racine observée un long moment ne possède plus de nom dans sa mémoire. Il cherche à la nommer mais n'y parvient plus ;
- son propre reflet admiré dans un miroir lui parait étranger. Ce n'est pas lui mais une image animée de sa propre

existence.

Roquentin, pris de nausée à cause du monde qui lui devient étranger, croit d'abord devenir fou. Puis il comprend que l'existence précède l'essence : il existe simplement, de la même façon que les choses existent, sans aucune raison. C'est par la suite qu'il se définit par ses choix et sa subjectivité. Les gens ne se rendent compte ni de leur existence, ni de celle des autres. Ils vivent dans la superficialité et la stupidité, ferment les yeux sur ce qui les entoure pour ne pas ressentir cette sensation désagréable. Leur inutilité les effraierait, de même que leur absurdité. Fort de ce constat, il comprend que seul l'art permet d'atteindre une vérité pure et apaisante, en ne parlant pas de ce qui existe, mais en traitant de ce qui n'existe pas, de ce qui n'est que fiction. Il décide alors d'abandonner sa biographie sur Rollebon pour se consacrer à un roman.

L'AUTODIDACTE

L'autodidacte est un clerc de notaire qui passe la majorité de son temps à la bibliothèque de Bouville. Féru de lecture, il s'est lancé dans le projet ahurissant et absurde de dévorer tous les ouvrages de l'établissement en suivant leur ordre alphabétique. Son omniprésence dans le lieu où Antoine fait ses recherches pour son mémoire attire l'attention de ce dernier qui délaisse son travail pour se plonger dans l'observation de cet étrange personnage. Selon Antoine, l'autodidacte se caractérise par :

- **son absurdité générale**. Il illustre l'absurde de l'existence dans son dessein extrême de bibliophile, son besoin irré-pressible de passer tout son temps à la bibliothèque, mais aussi le regard qu'il porte sur les gens. Selon Antoine, son humanisme est risible ;

- **son humanisme et sa naïveté**. L'autodidacte professe la bienveillance et la bonne volonté à l'égard des autres (surnommés « les salauds » par Antoine) ;
- **son hypocrisie car son humanisme et sa naïveté ne sont au final que de surface**. En effet, ses actes témoignent d'intentions bien moins nobles étant donné qu'il se fait exclure de la bibliothèque pour pédophilie ;
- **son besoin compulsif d'apprendre**. Il lui est retiré lors de son exclusion alors que c'est ce qu'il a de plus cher.

ANNY

Anny est une grande amie d'Antoine en même temps que son ex-compagne. Lorsque ce dernier la retrouve à Bouville, il pense pouvoir renouer avec elle, mais s'aperçoit très vite que son désir ne se concrétisera pas. Elle le rejette de la même façon qu'elle rejette leur « découverte » commune. Elle veut à tout prix se défaire de la nausée qui l'a envahie face à son observation d'une existence futile et d'un monde étrange. Elle vit dans le noir, les yeux fermés sur la réalité du monde : elle survit, effrayée de ce qu'elle a vu. Elle se moque ainsi d'Antoine avant de lui fermer sa porte et de le quitter définitivement pour partir en Angleterre.

LE MARQUIS DE ROLLEBON

Le marquis de Rollebon est un aristocrate mystérieux (et

fictif) qui a pris part à la vie politique française pendant et après la Révolution, au XVIIIe siècle. Il ne participe pas véritablement à l'action, mais il occupe un rôle-clé dans l'œuvre de Sartre ainsi que dans la vie d'Antoine Roquentin. En effet, il est le sujet de recherche d'Antoine qui veut écrire sa biographie, ce qui l'oblige à passer le plus clair de son temps à la bibliothèque afin de trouver suffisamment de données pour reconstituer la vie du marquis. Pourtant, il se rend compte qu'il n'arrive pas à saisir qui il était réellement. Pire encore, Antoine réalise que ses tentatives pour cerner le personnage ne servent qu'à justifier sa propre existence. « M. de Rollebon était mon associé : il avait besoin de moi pour être et j'avais besoin de lui pour ne pas sentir mon être. » (p. 140) Son interprétation en dit plus long sur l'historien que sur le sujet lui-même : Antoine, en faisant des hypothèses sur la vie du marquis, révèle sa propre façon de penser et d'agir et non celle du marquis. Il ne saura jamais ce que le marquis était réellement puisque celui-ci n'est plus là pour le dire.

Roquentin s'était lancé dans ce travail pour donner du sens à sa vie désœuvrée ; il comprend alors qu'il s'est trompé. Le marquis appartient au passé, il n'existe donc plus : « Mon passé est mort. M. de Rollebon est mort. » (p. 219) En rejetant le marquis, Roquentin rejette l'attachement au passé. Il comprend alors qu'il n'y a que le présent qui compte. Le marquis de Rollebon participe donc à sa prise de conscience existentialiste.

CLÉS DE LECTURE

L'EXISTENCE PRÉCÈDE L'ESSENCE

Dans *La Nausée*, l'existentialisme de Jean-Paul Sartre s'exprime avec force. En effet, l'auteur affirme que l'existence précède l'essence : l'homme existe avant d'être, car toute chose existe et est créée sans raison. À chacun de déterminer ensuite, par ses actes, son essence (c'est-à-dire qui il est). Alors que l'existence possède un caractère sombre et négatif dû à sa facticité et à l'horreur qui s'empare de celui qui s'en aperçoit, l'essence est associée à une sorte d'élévation purifiante qui différencie chaque être. Existence et essence sont donc deux concepts opposés selon Sartre : le premier concerne tout ce qui est matériel, primitif et général, tandis que le second relève de l'immatériel et fait de chacun une unité différenciée.

L'EXISTENTIALISME

L'existentialisme est une philosophie qui met en avant l'existence de l'homme.

La philosophie existentialiste est apparue au cours des années trente, influencée notamment par les théories de Kierkegaard (écrivain et philosophe danois, 1813-1855), le premier à se qualifier existentialiste. Celui-ci expliquait que le sens de l'existence se trouve dans la vocation de chaque individu. Chacun doit trouver sa propre vérité. L'existentialisme s'impose au lendemain de la Seconde Guerre mondiale (1939-1945), lorsque la population s'interroge sur l'homme et son destin.

Jean-Paul Sartre est le principal représentant de l'existentialisme en France. Selon lui, « l'existence précède l'essence », c'est-à-dire que l'homme existe, sans raison ; son essence n'est pas déterminée par Dieu. L'homme définit sa propre essence par ses actions, ses choix. C'est donc un être totalement libre, maitre de ses actes et de son destin (« L'existentialisme », in *Encyclopédie Universalis*).

Lorsque Roquentin prend conscience de l'existence du monde en percevant, dans une simple racine, un serpent mort qui existe en lui-même. L'existence est ce simple état d'être-là. Roquentin le conçoit dans son sens le plus concret et désagréable, et compare alors la racine qui existe à quelque chose de visqueux et sinistre : un serpent. Il associe sa prise de conscience à une chute, une découverte de l'enfer sur Terre. Quand, à la fin du roman, il écoute son air de jazz favori, il atteint au contraire la sphère immatérielle et apaisante de la musique : la mélodie n'existe pas, elle est.

> « Elle n'existe pas. C'en est même agaçant ; si je me levais, si j'arrachais ce disque du plateau qui le supporte et si je le cassais en deux, je ne l'atteindrais pas, elle. Elle est au-delà [...] À travers des épaisseurs et des épaisseurs d'existence, elle se dévoile, mince et ferme et, quand on veut la saisir, on ne rencontre que des existants, on bute sur des existants dépourvus de sens [...] Elle n'existe pas, puisqu'elle n'a rien de trop : c'est tout le reste qui est trop par rapport à elle. Elle est. » (p. 245-246)

La quête d'Antoine Roquentin n'est autre que le désir d'atteindre cette sphère incorporelle de l'essence. Au fil de ses réflexions, il n'a cessé de buter contre cette peur que lui infligeait l'existence primaire et commune à toute chose. En écoutant ce morceau de musique, il se libère et comprend que son essence, il devra la construire lui-même. Il l'atteindra par le biais de l'art, qui permet de se détacher des réalités matérielles.

LA NAUSÉE

Antoine Roquentin, personnage principal du roman, illustre la philosophie existentialiste de Sartre en ce qu'il expérimente la nausée, qui est le point de départ de la réflexion de l'auteur. En effet, c'est pour élucider ce qui lui arrive qu'Antoine tient un journal. Il semble être pris, depuis peu, d'un malaise inconnu, la nausée. Ce qui lui apparait comme une sorte de révélation est le fruit de longues méditations de Sartre : Roquentin est donc un manifeste de l'existentialisme, puisque le trouble qui l'habite lui permet de remettre en question sa propre existence et comment elle se définit.

Tout commence donc par le sentiment de dégout, qui est en lien direct avec la perception des objets. Pourtant, cette sensation ne vient pas de Roquentin lui-même : elle est à l'extérieur, dans le monde. Il s'agit davantage d'une révélation que d'une réaction de Roquentin.

Normalement, dans l'acte de perception, un objet se présente à un sujet avant que le sujet n'évalue cet objet. Dans *La Nausée*, la relation sujet-objet devient réciproque. Le sujet ne s'impose plus sur un seul objet, mais à plusieurs objets simultanément, tandis que plusieurs objets s'imposent au sujet. Lorsqu'Antoine Roquentin prend conscience de l'existence des choses, il découvre la face monstrueuse de la réalité. Il observe, par exemple, une banquette qu'il perçoit soudain comme existante :

> « Elle reste ce qu'elle est avec sa peluche rouge, milliers de petites pattes rouges, en l'air, toutes raides, de petites pattes mortes. Cet énorme ventre tourné en l'air, sanglant, ballonné – boursouflé avec toutes ses pattes mortes, ventre qui flotte dans cette boite, dans ce ciel gris, ce n'est pas une banquette. Ça pourrait tout aussi bien être un âne mort. » (p. 178-179)

Ce dégout que lui inspire la soudaine perception de l'existence des objets renvoie donc à la nausée.

Sartre tisse le lien entre le terme « exister » et les substances organiques, visqueuses et repoussantes, qui lui sont généralement associées. Antoine se rend aussi compte de sa propre existence. Un vocabulaire sombre et négatif sert alors à décrire cet « être-là », répugnant et effrayant. Le narrateur voit ainsi des parties de son corps se métamorphoser en bêtes animées d'un mouvement propre :

> « J'existe [...] Je vois ma main, qui s'épanouit sur la table. Elle vit – c'est moi. Elle s'ouvre, les doigts se déploient et pointent. Elle est sur le dos. Elle me montre son ventre gras. Elle a l'air d'une bête à la renverse. Les doigts, ce sont les pattes. » (p. 143-144)

De la même manière, ses pensées lui apparaissent comme un serpentin : « Le corps, ça vit tout seul, une fois que ça a commencé. Mais la pensée, c'est moi qui la continue, qui la déroule. » (p. 144) La pensée est comme une « espèce de rumination douloureuse » (*ibid.*). Roquentin ressent l'angoisse de penser, qui apparait comme une douleur désagréable. Il voudrait « [s']empêcher de penser » (*ibid.*), mais en est bien sûr incapable :

> « Ma pensée c'est moi : voilà pourquoi je ne peux pas m'arrêter. J'existe parce que je pense… et je ne peux pas m'empêcher de penser. En ce moment même – c'est affreux – si j'existe, c'est parce que j'ai horreur d'exister. » (*ibid.*)

Roquentin pousse ici la méthode du doute de Descartes (« Je pense, donc je suis ») à l'extrême : « j'existe parce que je pense ».

La nausée est donc une sensation venue de l'extérieur, de la perception. Elle s'immisce en Roquentin et le fait se questionner sur sa condition. C'est une sensation physique qui engendre une réflexion philosophique.

Cependant, il semble que Roquentin éprouve aussi une sensation « contraire » à ce malaise. Lorsqu'il se retrouve au café par exemple, la musique chasse le dégout de son esprit : « Rien n'a changé et pourtant tout existe d'une autre façon. Je ne peux pas décrire ; c'est comme la Nausée et pourtant c'est juste le contraire. » (p. 66) Cette sensation est celle de l'aventure. Le monde est là pour lui et il est là pour le monde. Dans cet état, il lui semble que tout a sa place, tel une suite logique. « Chaque instant ne paraît que pour amener ceux qui suivent. » (p. 67) C'est donc naturellement par l'art (la musique, mais aussi l'écriture) que Roquentin pourra se libérer.

DES GENRES ÉTANCHES

Roman ou essai ?

La Nausée est un roman : Sartre, en tant que philosophe, a souvent utilisé la fiction, qu'elle soit théâtrale ou romanesque, pour faire passer ses idées. Ainsi, son récit développe des personnages fictifs (Roquentin, Anny, l'autodidacte, le marquis de Rollebon, etc.) dans une situation fictionnelle. Pourtant, le livre de Sartre tient davantage du récit à intentions philosophiques que du roman.

Le premier titre proposé par l'auteur pour *La Nausée* était « Melancholia », d'après la célèbre gravure d'Albrecht Dürer (peintre et graveur allemand, 1471-1528), qui représente, à travers un angelot, une allégorie de la mélancolie. Ce titre aurait donc bien convenu à la forme romanesque de l'œuvre de Sartre puisqu'elle évoque l'allégorie : l'expression d'une idée par la métaphore et donc, par une création fictive. Mais ce titre a été déconseillé par son éditeur, et le philosophe a alors intitulé son roman *La Nausée*, qui souligne le thème existentiel du roman. L'œuvre est en effet une méditation philosophique à partir d'une expérience personnelle, celle de la nausée. Le lecteur interprète les pensées de Roquentin comme si elles étaient celles de Sartre et ses expériences comme des arguments philosophiques.

Simone de Beauvoir explique que l'ambition de Sartre, avec ce roman, était d'« exprimer sous forme littéraire des vérités et des sentiments métaphysiques » (*La Force de l'âge*, Paris, Gallimard, 2013, p. 512). L'auteur utilise donc le roman afin d'exposer sa philosophie. La plupart de ses livres sont d'ailleurs marqués par l'hésitation entre l'analyse et la fiction : son essai *L'Être et le Néant* comporte, en effet, des exemples, des descriptions, des scènes et des personnages fictifs. De la même façon, *La Nausée* énonce les réflexions philosophiques de Sartre, comme celles sur le temps :

> « [...] Brusquement on sent que le temps s'écoule, que chaque instant conduit à un autre instant, celui-ci à un autre et ainsi de suite ; que chaque instant s'anéantit, que ce n'est pas la peine d'essayer de le retenir [...]. Le sentiment de l'aventure serait, tout simplement, celui de l'irréversibilité du temps. » (p. 85)

La Nausée est donc un roman philosophique. D'ailleurs, dans le récit lui-même, Antoine réalise que ce n'est pas grâce à la biographie qu'il pourra dire la vérité sur le marquis, mais plutôt par le biais du roman.

Le journal intime

La particularité de ce roman est aussi sa forme : celle du journal intime. En effet, Roquentin, effrayé par ce qu'il croit être la manifestation d'une maladie mentale, cherche à analyser ce qui lui arrive grâce à son journal, qu'il écrit à la première personne du singulier. Ce faisant, Sartre a voulu insister sur l'effet de réel en intégrant, au début de l'ouvrage, une note de l'éditeur qui explique que les feuillets ont été retrouvés parmi les papiers d'Antoine Roquentin et qu'ils sont donnés tels quels. Ensuite, dans le premier feuillet, qui n'est pas daté, un accord tacite est posé : le narrateur doit s'efforcer de décrire précisément ce qu'il voit, sans dramatiser ou influencer son lecteur :

> « Le mieux serait d'écrire les événements au jour le jour. Tenir un journal pour y voir clair. Ne pas laisser échapper les nuances, les petits faits, même s'ils n'ont l'air de rien, et surtout les classer... C'est le danger si on tient un journal, on force continuellement la vérité. » (p. 11)

On peut y voir une sorte de pacte autobiographique, où l'auteur promet d'être le plus honnête possible dans son récit. Ainsi, le lecteur, en acceptant le pacte, accepte de croire qu'il s'agit d'une véritable histoire.

La forme du journal intime est intéressante, car elle permet de rendre compte de l'évolution de la « pathologie » d'Antoine ainsi que sa réaction : il la cerne, s'y accoutume, se débat, la pense et finalement, se met à l'écriture. Cela permet aussi de créer une certaine proximité entre le lecteur et Antoine, puisque Roquentin, en s'adressant à lui-même, partage directement ses pensées avec le lecteur. Mais cette promiscuité donne également au lecteur l'occasion de questionner le point de vue et l'interprétation d'Antoine. Celui-ci prend lui-même du recul sur sa façon de relater les évènements :

> « Comment ai-je pu écrire, hier, cette phrase absurde et pompeuse : "J'étais seul, mais je marchais comme une troupe qui descend sur la ville". Je n'ai pas besoin de faire des phrases. J'écris pour tirer au clair certaines circonstances. Se méfier de la littérature. Il faut écrire au courant de la plume ; sans chercher les mots. » (p. 87)

Il n'hésite pas à se critiquer lui-même, car il veut faire part de son expérience avec objectivité, mais cela est impossible. Il tente de s'étudier ; par conséquent, il tente de se voir comme un objet, mais il reste sujet. Cette tentative échouée d'objectivité fait écho à sa biographie abandonnée sur le marquis de Rollebon.

Dès la première note de l'éditeur, il est dit que Roquentin tente d'écrire une thèse. Il s'agit d'un genre bien particulier, puisqu'il s'appuie sur l'objectivité totale de son rédacteur. Il ne faut pas y faire preuve de style ou de gout esthétique. Ce n'est donc pas le moyen le plus propice à l'épanouisse-ment d'une personnalité dans l'écriture. Roquentin se dira d'ailleurs : « Il fallait plutôt que j'écrive un roman sur le marquis de Rollebon. » (p. 88) Roquentin n'arrive, en effet, pas à écrire en alignant les données sur la vie du marquis ; plus il amasse de documents, moins il parvient à saisir le personnage :

> « Ce ne sont pas les documents qui font défaut [...]. J'en ai presque trop au contraire. Ce qui manque à tous les témoi-gnages, c'est la fermeté, la consistance [...] ils n'ont pas l'air de concerner la même personne. » (p. 27)

En ce sens, l'autodidacte, qui accumule les savoirs avec méthode en lisant les livres par ordre alphabétique, renvoie à cette idée en la poussant à l'extrême : pour lui, il faudrait avoir amassé toute la documentation avant de pouvoir entreprendre l'écriture.

Roquentin comprend alors qu'il n'écrit pas sur le marquis mais sur lui-même. En effet, même s'il défend des « hypothèses honnêtes et qui rendent compte des faits », il sent bien « qu'elles viennent de [lui-même], qu'elles sont simplement une manière d'unifier [s]es connaissances », ce qui lui donne « l'impression de faire un travail de pure imagination » (p. 28).

Cela l'entraine dans une dépression qui le pousse à l'écriture de son journal intime et à s'interroger sur la sensation désagréable qui le frappe au même moment. Il ressent en même temps l'étrangeté du monde et comprend, à travers sa biographie, que le passé n'existe pas.

Le journal intime est donc un moyen, pour Roquentin, de se libérer non seulement de la nausée, mais également d'opérer une transition parfaite entre l'objectivité de la thèse et la liberté du roman. Roquentin commence par écrire en vain une biographie. Il s'attèle ensuite à l'écriture d'un journal pour finalement trouver son salut en projetant d'écrire un roman. Cela revient donc au projet de Sartre, qui décide d'écrire *La Nausée* non comme un essai mais comme un roman. Roquentin, en hésitant entre l'essai (la thèse), l'autobiographie (le journal) et la fiction (le roman), est donc à l'image de Sartre. La présence intriquée du roman, de la biographie, de l'autobiographie et du discours philo-sophique est la seule réponse à la rencontre nauséeuse de l'existence. Si le roman est finalement souhaitable, c'est parce qu'il permet d'utiliser l'imaginaire comme moyen d'exprimer sa subjectivité :

> « Mais il viendrait bien un moment où le livre serait écrit, serait derrière moi, et je pense qu'un peu de clarté tomberait sur mon passé. Alors peut-être que je pourrais, à travers lui,

> me rappeler ma vie sans répugnance [...] Et j'arriverais – au passé, rien qu'au passé – à m'accepter. » (p. 249)

Sartre privilégie donc la fiction pour échapper à la nausée mais aussi pour faire part au monde de sa philosophie existentialiste.

Ce premier roman sera favorablement reçu par la presse et le public, bien que certains critiques aient été déconcertés par la forme ambigüe de son œuvre, à mi-chemin entre le roman et l'essai. Ils lui reprocheront la grossièreté de son vocabulaire ou bien d'avoir vulgarisé la métaphysique D'autre, comme Maurice Blanchot (romancier et critique littéraire français, 1907-2003), le complimenteront au contraire sur la profondeur de son analyse, qui n'hésite pas à s'engouffrer là où se joue le drame de l'existence. *La Nausée* rencontrera le succès, sera traduit dans une trentaine de langues et marquera l'entrée de Sartre dans la littérature.

PISTES DE RÉFLEXION

QUELQUES QUESTIONS POUR APPROFONDIR SA RÉFLEXION...

- Justifiez le titre du roman.
- À quel moment Antoine Roquentin prend-il vraiment conscience de ce qui lui donne la nausée ? Que comprend-il exactement ?
- Donnez cinq exemples de phénomènes observés par le protagoniste du roman qui l'amènent à sa conclusion sur l'existence.
- Quelle place essentielle Sartre accorde-t-il à l'art ? En quoi possède-t-il une force salvatrice selon lui ?
- Le roman est construit comme un journal intime. Suit-il une chronologie précise et vérifiable ou est-il fondé sur une indétermination temporelle ? Justifiez en quoi le système temporel du récit participe du raisonnement philosophique de l'auteur.
- Par quelles phases psychologiques passe le héros du roman ? Montrez en quoi elles suivent l'évolution de sa pensée philosophique.
- *La Nausée* doit-il seulement être qualifié de roman philosophique ? Si oui, justifiez. Sinon, à quels autres genres se rattache-t-il également et pourquoi ?
- Montrez en quoi le style de l'auteur s'accorde à sa réflexion théorique. Est-il rigide et classique ou spontané et morcelé ?
- Le champ lexical des sensations est largement utilisé par Sartre dans *La Nausée*. Relevez, pour chacun des cinq sens, deux exemples de leur présence lexicale dans le

texte.

- Citez un écrivain existentialiste qui s'est lancé sur les traces de Jean-Paul Sartre. Expliquez en quelques mots les similitudes et les différences qui existent entre leurs théories respectives.

Votre avis nous intéresse !
Laissez un commentaire sur le site de votre librairie en ligne
et partagez vos coups de cœur sur les réseaux sociaux !

POUR ALLER PLUS LOIN

ÉDITION DE RÉFÉRENCE

- SARTRE J.-P., *La Nausée*, Paris, Gallimard, coll. « Folio », 2009.

ÉTUDES DE RÉFÉRENCE

- DEGUY J., *La Nausée de Jean-Paul Sartre*, Paris, Gallimard, coll. « Foliothèque », 1993.
- VAN BUUREN M., « Être et exister : le cas de *La Nausée* », in *Relief*, vol. 1, n. 1, 2007, p. 74-89.
- « Existentialisme », in *Encyclopédie Universalis*, consulté le 8 décembre 2016, http://www.universalis.fr/encyclopedie/existentialisme/

SUR LEPETITLITTÉRAIRE.FR

- Commentaire portant sur le tableau VI de la scène II des *Mains sales* de Jean-Paul Sartre.
- Fiche de lecture sur *Huis clos* de Jean-Paul Sartre.
- Fiche de lecture sur *Les Mains sales*.
- Fiche de lecture sur *Les Mots* de Jean-Paul Sartre.
- Fiche de lecture sur *Les Mouches* de Jean-Paul Sartre.
- Fiche de lecture sur *L'existentialisme est un humanisme* de Jean-Paul Sartre.
- Fiche de lecture sur *Qu'est-ce que la littérature ?* de Jean-Paul Sartre.
- Questionnaire de lecture sur *Huis clos*.

Retrouvez notre offre complète sur lePetitLittéraire.fr

- des fiches de lectures
- des commentaires littéraires
- des questionnaires de lecture
- des résumés

ANOUILH
- Antigone

AUSTEN
- Orgueil et Préjugés

BALZAC
- Eugénie Grandet
- Le Père Goriot
- Illusions perdues

BARJAVEL
- La Nuit des temps

BEAUMARCHAIS
- Le Mariage de Figaro

BECKETT
- En attendant Godot

BRETON
- Nadja

CAMUS
- La Peste
- Les Justes
- L'Étranger

CARRÈRE
- Limonov

CÉLINE
- Voyage au bout de la nuit

CERVANTÈS
- Don Quichotte de la Manche

CHATEAUBRIAND
- Mémoires d'outre-tombe

CHODERLOS DE LACLOS
- Les Liaisons dangereuses

CHRÉTIEN DE TROYES
- Yvain ou le Chevalier au lion

CHRISTIE
- Dix Petits Nègres

CLAUDEL
- La Petite Fille de Monsieur Linh
- Le Rapport de Brodeck

COELHO
- L'Alchimiste

CONAN DOYLE
- Le Chien des Baskerville

DAI SIJIE
- Balzac et la Petite Tailleuse chinoise

DE GAULLE
- Mémoires de guerre III. Le Salut. 1944-1946

DE VIGAN
- No et moi

DICKER
- La Vérité sur l'affaire Harry Quebert

DIDEROT
- Supplément au Voyage de Bougainville

DUMAS
• Les Trois
  Mousquetaires

ÉNARD
• Parlez-leur
  de batailles,
  de rois et
  d'éléphants

FERRARI
• Le Sermon sur la
  chute de Rome

FLAUBERT
• Madame Bovary

FRANK
• Journal
  d'Anne Frank

FRED VARGAS
• Pars vite et
  reviens tard

GARY
• La Vie devant soi

GAUDÉ
• La Mort du
  roi Tsongor
• Le Soleil des
  Scorta

GAUTIER
• La Morte
  amoureuse
• Le Capitaine
  Fracasse

GAVALDA
• 35 kilos d'espoir

GIDE
• Les
  Faux-Monnayeurs

GIONO
• Le Grand
  Troupeau
• Le Hussard
  sur le toit

GIRAUDOUX
• La guerre de
  Troie
  n'aura pas lieu

GOLDING
• Sa Majesté des
  Mouches

GRIMBERT
• Un secret

HEMINGWAY
• Le Vieil Homme
  et la Mer

HESSEL
• Indignez-vous !

HOMÈRE
• L'Odyssée

HUGO
• Le Dernier Jour
  d'un condamné
• Les Misérables
• Notre-Dame
  de Paris

HUXLEY
• Le Meilleur
  des mondes

IONESCO
• Rhinocéros
• La Cantatrice
  chauve

JARY
• Ubu roi

JENNI
• L'Art français
  de la guerre

JOFFO
• Un sac de billes

KAFKA
• La Métamorphose

KEROUAC
• Sur la route

KESSEL
• Le Lion

LARSSON
• Millenium I. Les
  hommes qui
  n'aimaient pas
  les femmes

LE CLÉZIO
• Mondo

LEVI
• Si c'est un
  homme

LEVY
• Et si c'était vrai…

MAALOUF
• Léon l'Africain

MALRAUX
- La Condition humaine

MARIVAUX
- La Double Inconstance
- Le Jeu de l'amour et du hasard

MARTINEZ
- Du domaine des murmures

MAUPASSANT
- Boule de suif
- Le Horla
- Une vie

MAURIAC
- Le Nœud de vipères

MAURIAC
- Le Sagouin

MÉRIMÉE
- Tamango
- Colomba

MERLE
- La mort est mon métier

MOLIÈRE
- Le Misanthrope
- L'Avare
- Le Bourgeois gentilhomme

MONTAIGNE
- Essais

MORPURGO
- Le Roi Arthur

MUSSET
- Lorenzaccio

MUSSO
- Que serais-je sans toi ?

NOTHOMB
- Stupeur et Tremblements

ORWELL
- La Ferme des animaux
- 1984

PAGNOL
- La Gloire de mon père

PANCOL
- Les Yeux jaunes des crocodiles

PASCAL
- Pensées

PENNAC
- Au bonheur des ogres

POE
- La Chute de la maison Usher

PROUST
- Du côté de chez Swann

QUENEAU
- Zazie dans le métro

QUIGNARD
- Tous les matins du monde

RABELAIS
- Gargantua

RACINE
- Andromaque
- Britannicus
- Phèdre

ROUSSEAU
- Confessions

ROSTAND
- Cyrano de Bergerac

ROWLING
- Harry Potter à l'école des sor-ciers

SAINT-EXUPÉRY
- Le Petit Prince
- Vol de nuit

SARTRE
- Huis clos
- La Nausée
- Les Mouches

SCHLINK
- Le Liseur

SCHMITT
- La Part de l'autre
- Oscar et la
  Dame rose

SEPULVEDA
- Le Vieux qui
  lisait des romans
  d'amour

SHAKESPEARE
- Roméo et Juliette

SIMENON
- Le Chien jaune

STEEMAN
- L'Assassin
  habite au 21

STEINBECK
- Des souris et
  des hommes

STENDHAL
- Le Rouge et
  le Noir

STEVENSON
- L'Île au trésor

SÜSKIND
- Le Parfum

TOLSTOÏ
- Anna Karénine

TOURNIER
- Vendredi ou
  la Vie sauvage

TOUSSAINT
- Fuir

UHLMAN
- L'Ami retrouvé

VERNE
- Le Tour
  du monde
  en 80 jours
- Vingt mille
  lieues sous
  les mers
- Voyage au
  centre de
  la terre

VIAN
- L'Écume des jours

VOLTAIRE
- Candide

WELLS
- La Guerre des
  mondes

YOURCENAR
- Mémoires
  d'Hadrien

ZOLA
- Au bonheur
  des dames
- L'Assommoir
- Germinal

ZWEIG
- Le Joueur
  d'échecs

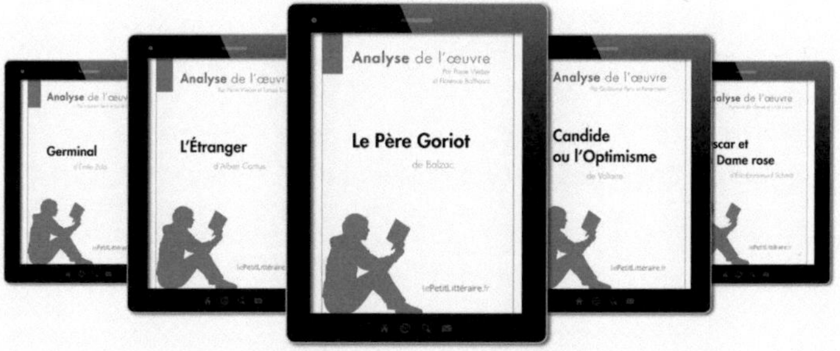

ISBN version numérique : 978-2-8062-1969-5
ISBN version papier : 978-2-8062-1114-9
Dépôt légal : D/2013/12603/334

Avec la collaboration de Pauline Coullet pour les chapitres « Jean-Paul Sartre », « Le marquis de Rollebon », « La Nausée » et « Des genres étanches », ainsi que le complément d'information sur l'existentialisme.

Conception numérique : Primento,
le partenaire numérique des éditeurs.

Ce titre a été réalisé avec le soutien de la Fédération Wallonie-Bruxelles, Service général des Lettres et du Livre.